ALCMÉON,

TRAGÉDIE

En cinq Actes,

Par P. J.-B. DALBAN.

PRIX : DEUX FRANCS.

PARIS.

SAINT-JORRE,
Boulevart des Italiens, 7.

LEGRAS,
Boulevart des Capucines, 23.

Mme CLAYE, rue de Grammont 14.

BRETEAU,
Passage de l'Opéra.

LEROI,
Quai Malaquais, 11.

M. DCCC LIV.

ALCMÉON,

TRAGÉDIE

En cinq Actes,

Par P. J.-B. DALBAN.

PARIS.

SAINT-JORRE,
Boulevart des Italiens, 7.

LEGRAS,
Boulevart des Capucines, 25.

Mme CLAYE, rue de Grammont 14.

BRETEAU,
Passage de l'Opéra.

LEROI,
Quai Malaquais, 11.

M. DCCC LIV.

PERSONNAGES.

***

ÉRIPHYLE, reine d'Argos.
ALCMÉON, fils d'Ériphyle.
ARSINOÉ, femme d'Alcméon.
CALLIRHOÉ, amante d'Alcméon.
TÉLÉNUS, frère d'Arsinoé.
THESTOR, confident d'Alcméon.
SUITE D'ALCMÉON.

*La scène est à Argos, dans un vestibule du palais.
A droite est l'entrée d'un temple.*

ALCMÉON.

ACTE PREMIER

SCÈNE PREMIÈRE.

ALCMÉON, THESTOR.

THESTOR.

Vous nous l'avez promis, et du choix d'une épouse
Va décider pour vous la Fortune jalouse.
Alcméon, votre amour va couronner enfin
Celle que de vos nœuds écartait le destin,
Et l'épouse soumise à la foi conjugale,
Va céder, s'il le faut, le pas à sa rivale.
Qu'attend votre douleur d'oser former des nœuds
Qui puissent dissiper vos regrets rigoureux ?
Rien peut-il à vos yeux balancer l'importance
Des soins dont désormais dépend votre existence ?
Aimez, il en est temps, l'objet de votre choix ;
Que l'Amour à l'Hymen impose enfin des lois.

ALCMÉON.

Oui, tu connais, ami, du chagrin qui m'obsède,
Après tant de regrets le mal et le remède.

Et bientôt tu vas voir au lit d'Arsinoé,
Succéder Alcméon avec Callirhoé.
Dans les profonds dégoûts qu'une épouse m'inspire,
Quel besoin d'étouffer l'amour que je respire ?
N'en ai-je pas assez respecté les fureurs
Quand l'hymen nous lia par des nœuds pleins d'horreurs ?
Quels regrets me rappelle un hymen adultère ,
Formé, tu t'en souviens, par les mains d'une mère ?
Et quel chagrin profond , quel triste souvenir ,
Sur des malheurs plus grands me force à revenir,
Lorsque l'espoir trompé d'une chaîne inutile ,
Me fait trembler encor sur le sort d'Eriphyle !
Amphiarus mon père, en ordonnant sa mort,
De la reine à mes mains a confié le sort.
      A peine, encore enfant, j'entr'ouvrais la paupière
Et pouvais de mon sort entrevoir la misère,
Des Thébains soulevés les sept chefs réunis,
De la guerre en ces lieux rappellent les débris.
Polynice en mon père accusant un transfuge
Accourt d'Amphiarus surprendre le refuge.
Eriphyle à prix d'or secondant son courroux,
Découvrit, lui livra les jours de son époux.
Mon père enfin , forcé de reprendre les armes,
Déposa dans mon sein les plus tendres alarmes ,
Et me charge, s'il meurt sans revoir ses Etats,
De punir Eriphyle en vengeant son trépas.
Il succomba dans Thèbe, et cet ordre d'un père
Vient encor m'alarmer sur le sort d'une mère.
J'ai tardé trop longtemps d'en remplir la rigueur.
Dois-je d'un cœur rebelle éprouver la langueur ?

Dois-je, chargé du soin d'en réparer l'offense,
Le priver de l'honneur d'une juste vengeance ?

THESTOR.

De quoi s'occupe, hélas! votre cœur malheureux,
Au moment d'un hymen qui va combler vos vœux ?
Laissez dans le secret le souvenir d'un père,
Oubliez cet arrêt porté contre une mère.
Est-ce à vous de sortir d'un scrupuleux respect,
Pour rechercher un crime à vos regards suspect ?
Un fils peut-il ainsi, d'une haine obstinée,
De l'auteur de ses jours flétrir la destinée ?

ALCMÉON.

Que veux-tu ? ce pardon dicté par mon devoir,
Malgré mon repentir n'est plus en mon pouvoir.
Je crains que la pitié dont je me sens capable,
Ne me reproche un jour ma tendresse coupable ;
Pour un père oublié que mes justes transports
N'osent contre une mère exciter mes remords.
Dois-je dans les ennuis dont l'horreur me consume,
Épuiser les regrets dont je sens l'amertume ?
J'obtiens en l'abhorrant la main d'Arsinoé,
Et dois sans l'obtenir aimer Callirhoé.
Tel est pourtant l'effet de cet hymen contraire,
En dépit du destin formé par une mère.
J'ai près d'elle, tantôt employant ton soutien,
Imploré la faveur d'un moment d'entretien.
Elle paraît.

SCÈNE II.

ÉRIPHYLE, ALCMÉON.

ÉRIPHYLE.

Mon fils, il faut que je vous voie :
Aux vœux que vous formez je me prête avec joie.
Je cherche quel bonheur me reste à souhaiter,
Et ce qu'aux vœux d'un fils il me faut ajouter.
L'état de votre cœur, le trouble qu'il m'inspire,
Ne peut de mes soupçons diminuer l'empire ;
Quand tout cède au pouvoir qui vous fait respecter,
Quel motif Alcméon a-t-il de s'affecter?
Vous avez vu sur vous mes bontés se répandre ;
Et les dons, les faveurs dont un fils doit dépendre,
Pour vous de mes bienfaits redoublés chaque jour,
De votre épouse encor justifier l'amour.
Lorsqu'elle a sur vos nœuds prodigué mes tendresses,
Ne vous montrez-vous pas sensible à ses largesses ?
Que voulez-vous de plus ?

ALCMÉON.

Je voudrais vainement
M'expliquer des froideurs de mon empressement.
Dans des nœuds abhorrés qu'Alcméon doit maudire,
Que me demandez-vous et que puis-je vous dire ?
A peine dans l'amour dont mon cœur est atteint,
De mon premier hymen j'ai vu l'espoir éteint ;
De mes nouveaux transports Callirhoé jalouse,
Remplace dans mon cœur l'amour de mon épouse,

C'est elle qui me plaît, elle qu'il faut aimer,
Et dont l'attrait sans cesse agit pour me charmer ;
Occupé de l'amour que ce charme m'inspire,
Je n'ai plus qu'à me rendre à son nouvel empire.

ÉRIPHYLE.

D'où vient dans votre ardeur ce refroidissement ?
D'où naît ce nouveau goût ou bien ce changement ?

ALCMÉON.

Pourrai-je dans mon cœur en trouver l'origine
Sans peindre à quels dégoûts cet amour me destine,
Sans vous dire à vous-même à quel degré d'horreur
M'a de ce changement disposé la fureur ?
Il date, en pourrez-vous souffrir la confidence !
Des bruits qu'aurait semés une aveugle imprudence,
Et qui d'Arsinoé, quand elle vint au jour,
Auraient pour son époux discrédité l'amour ;
Ils lui disputeraient l'honneur de sa naissance.

ÉRIPHYLE.

O ciel ! en croirez-vous une aveugle ignorance ?
Que vous fait sa naissance ? en pouvez-vous douter ?
Et sa gloire à vos yeux ne peut-elle éclater ?
Qui peut donc vous troubler ? n'êtes-vous pas tranquille ?

ALCMÉON.

Vous-même, l'êtes-vous ?

ÉRIPHYLE.

                    Oui ? moi-même, Ériphyle ?
Ma conscience est pure, et sans rien redouter
Ne voit que des motifs de vous féliciter.

Si vous croyez pourtant dans un autre hyménée
Devoir chercher l'appui de votre destinée,
Souverain, votre rang vous en donne les droits,
Et d'un hymen forcé s'assujettit les lois.
Mais, je dois l'avouer, je vous vois avec peine,
Dans les nouveaux liens où l'amour vous enchaîne,
D'une première épouse engager les trésors
Dont la dot fut le prix de vos communs transports ;
Ces dons prodigieux, dont la chaîne plus sûre
Devait de vos liens prévenir la rupture.
Croyez-vous que l'hymen s'en laisse dessaisir,
Et dans de nouveaux nœuds consente à se trahir ?
Formez donc, j'y consens, une chaîne nouvelle
Où vous puisse engager une flamme fidèle,]
Mais craignez, inconstant, quand vous formez ces nœuds,
Qu'une épouse rebelle en combatte les vœux.

SCÈNE III.

ALCMÉON, CALLIRHOÉ.

ALCMÉON, à part.

Callirhoé, grands Dieux ! a-t-elle pu l'entendre ?
Et pour savoir son sort vient-elle ici se rendre ?
Non, je ne puis le croire ; et crainte ni devoir
De séparer nos cœurs n'obtiendraient le pouvoir.
　　　　(A Callirhoé).
De mes profonds ennuis dissipant la souffrance
Votre voix à mon cœur vient rendre l'espérance.
Pour un si grand bienfait, que ne vous dois-je pas ?
Chassant d'autour de moi la crainte et le trépas,

Vous me rendez la paix où je n'osais m'attendre
Tant qu'un fâcheux hymen m'empêcha d'y prétendre.
    A peine eus-je aux autels formé cette union
Que du trépas d'un père armant la trahison
Ma mère de soupçons fut par moi poursuivie,
Et n'eut pour m'apaiser que l'offre de sa vie.
Je voulais l'immoler et ne voyais jamais
Qu'un père armé pour moi du poids de ses forfaits.
Fallait-il l'écouter? et certain de son crime
Un fils devait-il donc la prendre pour victime?
Enfin à la punir je n'ai plus d'intérêts,
Un hymen plus heureux va calmer mes regrets ;
Écartant une épouse à mes désirs contraire,
Je puis sans crime encor m'attendrir pour un père.
Vous, qu'attend cet hymen, vous ne m'en voulez pas,
Et n'allez pas d'un meurtre armer mes faibles bras.

CALLIRHOÉ.

Non, seigneur; mais comment faible et sans résistance
D'une épouse en vos nœuds repousser la constance?
Croyez-vous l'apaiser, et sans de grands efforts,
Etouffer dans son cœur sa plainte et vos remords?
Moi-même enfin, quel fond puis-je faire sur elle?
Et comment désarmer une épouse fidèle?
Une épouse établie encor dans votre cœur
Et dont rien à vos yeux n'atteste la froideur?

ALCMÉON.

Que vous fait sa froideur? quand mon indifférence
Vous a même avant-elle assuré ma constance?
En croirez-vous l'amour, les feux qu'elle n'a plus,
Quand ma haine a rendu tous ses vœux superflus?

Reposez-vous sur moi du soin de la réduire
Et de savoir sur elle établir votre empire?
Sûre d'atteindre un jour un si rare avenir
Gagnez en l'attendant le droit de l'obtenir.

CALLIRHOÉ.

Eh, comment obtenir un si rare avantage,
Quand sa haine déjà m'en dispute le gage?
Quand des dons mérités, acquis à mon amour,
Le prix est à mes mains disputé chaque jour?
N'a-t-elle pas sans cesse, au nom même du trône,
Réclamé ces honneurs dont l'éclat m'environne?
Ces présents prodigués à son œil envieux,
Que sa haine attribue aux droits de ses aïeux?
Si je ne puis sans crainte en recevoir l'hommage,
Comment d'un sort plus doux me retracer l'image?
Comment prétendre un jour à lui faire oublier
Les biens que dès l'abord on la voit envier?

ALCMÉON.

Ces présents sont à vous; loin de moi la faiblesse,
D'en détourner le prix cher à votre tendresse.
Gardez pour honorer leur nouvel attribut
Ces dons que de son sang elle croit le tribut.
Pour elle, son bonheur ne peut longtemps encore
Obscurcir vos destins, en retarder l'aurore.
J'ai vu depuis longtemps son malheur se trahir;
La reine, ainsi que moi, commence à la haïr;
Et je vais, unissant notre haine commune,
De votre amour au trône assurer la fortune.

SCÈNE IV.

CALLIRHOÉ, TÉLÉNUS.

TÉLÉNUS.

Madame, le roi sort, et content de vos vœux,
Si j'en crois l'apparence, est sorti de ces lieux.
Il emporte en sortant la joie et l'assurance,
Qui doit de vos désirs relever l'espérance.
Vous vous êtes tous deux promis, si je l'en croi,
D'oser, aux vœux du prince, immoler votre foi.
Mais ce n'est pas ici ce qu'il faut vous promettre,
Et la reine, à vos vœux s'intéressant peut-être,
La reine que ma gloire est de représenter,
Pourrait de vos serments ne se pas contenter.
Vous savez qui je suis; que ministre fidèle
Je parus en ce lieux recommandé par elle,
Pour son frère annoncé, j'y briguai votre main.
Vos désirs ont changé; je dois me taire enfin.
Mais avez-vous pensé que son frère vous laisse
Pour contenter le roi trahir votre princesse?
Tel est pourtant le sort que vous lui réservez.
Pour elle, plus d'espoir, si vous ne la sauvez.
J'attends ce sacrifice, et dois vous interdire
Les honneurs souverains où votre haine aspire.
Il y faut renoncer.

CALLIRHOÉ.

              Quel que soit près de moi
L'espoir qui vous conduit, je le vois sans effroi.

Je ne sais des projets dont votre voix m'accuse
Si je dois près de vous employer quelque excuse,
S'il faut les démentir ou m'en féliciter :
Le temps éclaircira ce dont je puis douter.
Mais quelque issue enfin que le sort nous découvre
Dans cet événement qu'un mystère recouvre,
C'est sur votre devoir mal vous examiner
Que sur mes actions prétendre me gêner.
De vos caprices seuls vous faire une défense
C'est opposer au prince une faible puissance.
Lorsque sur ses desseins je le vois s'expliquer,
Je dois en résistant craindre de lui manquer.
Il m'aime; et cet effort que se fait sa constance
Pour décider la mienne est d'assez d'importance.
Je n'ai point en l'aimant à juger de ses feux,
Ni même d'une épouse à respecter les nœuds;
A son empressement je n'ai qu'à me soumettre
Et dans ses volontés dois respecter mon maître.
Réglez-vous là-dessus.

TÉLÉNUS.

                Ainsi, c'est malgré moi
Qu'on vous voit d'un époux lui disputer la foi.
Et par le même coup me disputant la vôtre,
L'hymen que j'espérais sera le prix d'un autre?
Vous me l'osez nier; vous anéantissez
Mes services présents et vos serments passés.
Mais des engagements que vous avez dû prendre
Quand vous les oubliez, mon amour veut dépendre;
Je les dois rappeler à votre souvenir,
Et ne vous parle plus que pour l'entretenir.

Aimez ailleurs, du cœur dont une autre est maîtresse
A l'époux d'une sœur disputez la tendresse :
Aussi bien c'est à moi qu'il vous faut dérober
Et j'ai prévu le piége où vous allez tomber.

CALLIRHOÉ.

Allez, et de vos vœux m'épargnant la menace
D'un amour si cruel daignez me faire grâce.
Je ne les reçois plus que pour m'en alarmer
Et les renvoie au bras qui vous doit désarmer.

FIN DU PREMIER ACTE.

ACTE SECOND.

SCÈNE PREMIÈRE.

ARSINOÉ, TÉLÉNUS.

ARSINOÉ.

QUELLE infortune, ô ciel! A quelle destinée
Vois-je de mes malheurs la course terminée?
A peine unie à lui, je possède un époux,
Je le vois contre moi déchaîner son courroux.
Il me prend en horreur, et pour moi ne s'empresse
Qu'il n'ait par d'autres nœuds démenti sa tendresse.
Callirhoé bientôt l'objet de son amour,
Ne respire, ne vit que pour m'ôter le jour.
Vous-même à ses destins promis par l'hyménée
L'allez à d'autres nœuds voir sans honte enchaînée.
O ciel! Se pourrait-il? L'horreur de mon affront
Devrait d'un frère aimé faire rougir le front?
Je vous ai rappelé pour revoir la princesse,
N'arrêterez-vous point un espoir qui vous blesse?

TÉLÉNUS.

Je l'ai vue, et malgré mes soins pour l'ébranler
N'ai vu que sa hauteur prête à vous égaler.

Méprisant sa rivale, et même en votre frère,
S'immolant, un obstacle à sa flamme adultère.
Elle étouffe en son cœur le moindre souvenir
Qui de sa chaîne encor pourrait l'entretenir.

ARSINOÉ.

Quoi ! sa raison encor refuse de se rendre
Aux vœux qu'elle a formés ; pourrai-je bien l'entendre ?
Vous-même à ses transports m'allez abandonner,
Loin que votre fierté prétende la gêner.
Vous ne l'aimez donc plus ; si votre âme entraînée
Peut concevoir loin d'elle une autre destinée ?
N'importe ; vous savez qu'il y va de mes jours,
Persévérez encor ; comptez sur mes secours.
Vous aurez des amis, des appuis dont l'adresse
Saura dans vos liens retenir sa tendresse ;
Et par la force encor, s'il la faut éprouver,
A l'espoir d'Alcméon vous pourrez l'enlever.

TÉLÉNUS.

Faites-donc ; agissez avant que j'y renonce
D'après les contre-temps que ma voix vous annonce ;
Et si vous m'en croyez, sur le cœur d'un époux
Songez plus sûrement à diriger vos coups.
Dans le trouble nouveau que ce désordre augmente,
Disputez-lui son cœur aux yeux de son amante.
Prêtons-nous l'un et l'autre un mutuel appui,
Et pour me la livrer assurez-vous de lui.

SCÈNE II.

ALCMÉON, ARSINOÉ.

ARSINOÉ.

A tant de changements votre âme résolue
Me vient-elle annoncer sa victoire absolue?
Et cette autre union qui fait votre bonheur
Va-t-elle à ma défaite accoutumer mon cœur?
Je vous plains, si déjà certain de ma souffrance
Vous avez sur mes pleurs fondé votre espérance.
Je conçois que de moi l'on puisse se lasser,
Mais n'ai pas consenti qu'on m'ose remplacer.

ALCMÉON.

De mon aversion assez tôt informée,
Je ne puis que vous plaindre ; et n'étant point aimée
Je vous plains doublement de me voir malheureux,
Sans apporter d'obstacle et de terme à mes vœux.
N'ayant auprès de vous d'appui ni de ressource
Me blâmez-vous ailleurs d'en rechercher la source?
Vous apprendrez plus tard quels nœuds je puis former,
Vos plaintes jusque-là doivent se renfermer.

ARSINOÉ.

Je connais l'union dont j'ai droit de me plaindre
Aussi bien que les nœuds que vous voulez enfreindre.
Renoncez à l'hymen qui faisait votre espoir
Pour ranger vos désirs sous la loi du devoir.
Les riches dons, les biens, dont votre âme est jalouse,
Et que vous transportez aux mains d'une autre épouse,

Sachez que c'est ma dot, qu'ils vous vinrent de moi
Quand un premier hymen nous rangea sous sa loi.
La reine les reçut des mains de Polynice,
Du sort d'Amphiarus découvrant l'artifice,
Mon père à ses aveux en accorda le prix.

ALCMÉON.

De Polynice, ainsi, nous serions donc les fils ?
D'une délation ce présent est l'échange.
Et, pour dernière horreur de ce mystère étrange,
La reine est votre mère ?

ARSINOÉ.

En m'unissant à vous,
Elle devint ma mère.

ALCMÉON.

Et je fus votre époux,
Pour recevoir le prix d'un lâche parricide ?
Un inceste est le fruit de ce complot perfide ?
Comment d'un père, ô ciel ! expier les mépris,
Et la tache imprimée à l'honneur de son fils ?

ARSINOÉ.

Quels torts ! quel parricide ! et quelle affreuse injure,
Dont vous n'ayez bientôt dépassé la mesure !
Ne sais-je pas seigneur, comment vous remplissez
Les ordres, les devoirs à votre honneur tracés ?
Ne reçûtes-vous pas de la bouche d'un père
L'ordre de le venger sur les jours d'une mère,
Si dans Thèbes arrêté, surpris par le trépas,
Il tardait de rentrer au sein de ses États ?

2

A cette voix sacrée empressé de vous rendre
Comment à ses avis vous vit-on condescendre ?
De quoi vous plaignez-vous ? Et de l'inceste enfin,
Du parricide affreux, dites quel inhumain
Doit craindre plus que vous la tache criminelle,
Lorsqu'à sa volonté vous vous montrez rebelle ?

ALCMÉON.

Quel ordre ? Quel avis ?

ARSINOÉ.

Oui, seigneur, déguisez
Quels ordres, quelles lois vous furent imposés.
Ils ne sont pas restés dans la nuit éternelle
Tellement inconnus qu'on ne vous les rappelle ;
Et s'ils ne troublent pas dans sa tranquillité,
De votre mère encor l'horrible impunité,
Quand il en sera temps je saurai l'en instruire,
Et lui ravir la paix que ce jour va détruire.

SCÈNE III.

ALCMÉON, *seul.*

Quelle audace ! L'ingrate ose me menacer
Des ordres qu'à mon père il plut de me tracer !
Elle veut sur ma mère exciter ma vengeance
En m'alarmant des torts de sa triste naissance.
De la fortune aveugle incroyable retour !
Elle ! De Polynice elle tiendrait le jour ?
Du grand Amphiarus le coupable adversaire
En m'arrachant le mien est devenu son père ?

Ce secret découvert ne peut que m'alarmer
Sur l'indigne moitié que je ne puis aimer.
Comment de sa naissance et de sa honte instruite
Du sort d'Amphiarus a-t-elle su la suite?
Des ordres de mon père éventé le secret
Qui de son ennemie est le sinistre arrêt?
Sans soupçon de son sort et prête à s'y soumettre
Eriphyle l'ignore et m'en laisse le maître.
Il la faut consulter; et de la vérité
Sur mon épouse enfin percer l'obscurité.
Que prétends-je savoir? Et que puis-je en apprendre?
A quels tristes aveux ne dois-je pas m'attendre?
De ce sang réclamé jusqu'ici resté pur,
Mon heureuse ignorance est l'appui le plus sûr.
Ah! fuyons-la plutôt. Dieux! je la vois paraître.

SCÈNE IV.

ERIPHYLE, ALCMÉON.

ÉRIPHYLE.

Mon fils, vous m'évitez? Ne puis-je enfin connaître
Qui vous porte à me fuir quand il faudrait me voir,
Et vous faire un plaisir d'un austère devoir?
Où portez-vous, enfin, dans l'effort qu'il vous coûte
Les hésitations que votre cœur écoute?

ALCMÉON.

Moi, chercher à vous fuir? Que mon cœur en est loin!
Quand je voudrais plutôt, vous m'en êtes témoin,
Perçant la profondeur du plus affreux mystère
Eclaircir dans mon cœur un doute involontaire.

ÉRIPHYLE.

Quel doute?

ALCMÉON.

Le soupçon peut-être mérité,
Que peut nourrir un fils dans sa témérité;
Qui de Callirhoé dont son âme est jalouse
Réclame comme acquise à sa première épouse
La dot d'Arsinoé.

ÉRIPHYLE.

Comment ! Elle prétend?...

ALCMÉON.

Retenir les présents que sa rivale attend.
Ils vous furent, dit-on, remis par Polynice.

ÉRIPHYLE.

Du sort de mon époux lorsque ma main complice
Découvrit sa retraite, oui je les ai reçus.
Si pour lui des présents en échange obtenus
J'ai tardé si long-temps d'expliquer le mystère,
Je n'ai pas cru pour vous cet aveu nécessaire.

ALCMÉON.

Et ne deviez-vous pas m'apprendre sans détour
Qu'à Polynice encore elle devait le jour?

ÉRIPHYLE.

Non; quel besoin pour moi, mon fils, de vous l'apprendre,
De vous nommer son père en vous faisant son gendre?
De Thèbes autrefois reprenant le chemin,
Polynice pour moi vainqueur moins inhumain,

Me laissa ses trésors, une fille bien chère;
Vous reçûtes ses dons, sa fille à ma prière.
En formant son hymen je vous les ai donnés,
Je vous fis son époux et vous ai couronnés.
Que voulez-vous de plus? Que puis-je davantage?
Vous transmets-je en coupable un pareil héritage?
Cessez de m'accuser, ne me rappelez plus
De si tristes regrets dont mes sens sont confus.

ALCMÉON.

D'un époux offensé vos regrets doivent naître,
Mon cœur par vos aveux apprend à les connaître.
Avez-vous pu, grands Dieux! trahissant son espoir,
A quelqu'autre intérêt immoler son pouvoir?
Combien je dois surtout applaudir la prudence
Qui m'a de tels secrets caché la confidence!
Et comme Arsinoé n'ose s'autoriser
Dans les prétentions qu'il lui faut excuser.
De n'en plus reparler, allez, qu'il vous souvienne;
Ou craignez qu'à venger mes regrets et ma haine
Je n'invoque à mon tour des secrets dangereux
Dont j'aime à vous cacher les ordres rigoureux.

SCÈNE V.

ERIPHYLE, *seule.*

Que veut-il dire? ô ciel! et qu'ai-je encore à craindre?
Non, de tous mes remords l'ardeur ne peut s'éteindre.
Mais malgré les soupirs dans mon cœur ranimés,
Mes sens, sur mes dangers doivent être calmés.

Si d'un nœud criminel, d'une triste naissance,
J'ai vingt ans aux regards dérobé l'importance,
Que peut-il m'annoncer? Quel secret découvrir
Dans la profonde nuit constante à me servir?
Et comment redouter la triste confidence
Que d'un emportement a produit l'imprudence?

FIN DU SECOND ACTE.

ACTE TROISIÈME.

SCÈNE PREMIÈRE.

ARSINOÉ, CALLIRHOÉ.

ARSINOÉ.

Obstiner à me nuire et forcée à me voir,
Serez-vous de mes jours l'unique désespoir?
Et de vos cruautés victime misérable
Me vois-je de ma cour le mépris et la fable?

CALLIRHOÉ.

Expliquez-vous. Comment?

ARSINOÉ.

                    Que devient mon époux?
L'aurai-je de si loin choisi, gardé pour vous?
Venez-vous sous mes yeux m'enlevant sa tendresse,
Vous placer sur le trône où ma bonté vous laisse?
Où déjà je vous vois assise à mes côtés
Vous applaudir des dons que vous m'avez ôtés?
Que s'en faut-il qu'enfin vous ne preniez ma place?
Que d'un cœur tout à vous votre ordre ne m'efface?
Songez-vous aux efforts que vous allez tenter?
A votre ambition ce qu'il en peut coûter?

Vous sied-il dans le rang dont son amour vous tire
D'élever jusqu'à moi l'orgueil qu'il vous inspire?

CALLIRHOÉ.

Le choix qu'il en a fait, a prononcé de moi ;
En m'attaquant à vous, je n'obéis qu'au roi.
Sur nos perfections c'est assez nous débattre.
Et je n'ai pour l'aimer, que vous seule à combattre.

ARSINOÉ.

Faut-il vous rappeler quel autre attachement
Opposent vos devoirs à votre engagement?
Suis-je sans souvenir? perdez-vous la mémoire
Des nœuds où vous deviez attacher votre gloire?
Des vœux que vous formiez ne vous souvient-il plus?
Oubliez-vous le choix, l'hymen de Télénus,
Et qu'à ce frère aimé votre âme ambitieuse
Bornant tous vos désirs, a cru se voir heureuse ?
C'était là le sujet, le comble de vos vœux.

CALLIRHOÉ.

A mon cœur ébloui rappelez d'autres nœuds,
Et cet attachement après quoi je soupire,
Dont par un sûr garant vous m'avez fait instruire.
Prenant tout autre choix pour une trahison,
Et le mettant lui-même hors de comparaison ;
Avec Alcméon seul décidée à m'entendre,
Je suis plus que jamais résolue à me rendre.

ARSINOÉ.

Rendez-vous, j'y consens; mais faites que, du moins,
Il soit justé pour vous de m'enlever ses soins.

Or , je vous apprendrai que m'ôtant sa tendresse ,
Bien plus que son amour dont je vous vois maîtresse ,
Vous m'enlevez encor , dans le cœur d'un époux .
Des biens et des trésors dont vos vœux sont jaloux ;
Et qu'avant de souffrir qu'une autre ne m'en prive ,
Je saurai vous guérir d'une ardeur aussi vive .

CALLIRHOÉ.

Faites-le , s'il est temps ; mais sans votre abandon ,
Concevez que le roi m'en peut faire le don ,
Et que , pour refuser ses dons et ses largesses ,
Je ne prends pas pour eux conseil de vos faiblesses.
Vous les aimez assez pour les pouvoir garder
Sans avis ni conseil de vous les accorder.

ARSINOÉ.

Dites que je les aime , et que ma préférence
Encor pour les garder a passé ma puissance.
Mais pour les posséder chacune à notre tour ,
De vos prétentions affranchissez ma cour ,
Ou , pour les retenir dans leur juste mesure ,
De votre liberté je prétends qu'on s'assure ;
Et l'ordre en est donné.

CALLIRHOÉ.

                    Je n'obéis qu'au roi,
Et vous êtes ici moins puissante que moi.
Faites pour m'alarmer de vos recherches vaines
Tout ce qu'il vous plaira, vous y perdrez vos peines.

SCÈNE II.

ARSINOÉ, *seule*.

La cruelle, empressée à croître mes dégoûts,
S'obstine à m'enlever le cœur de mon époux.
Qu'elle ose , j'y consens, s'en rendre la maîtresse,.
Je saurai bien encore en guérir sa tendresse.
Je veux le rendre horrible et coupable à ses yeux,
Plus qu'elle n'est aux miens un objet odieux.
Elle ne l'obtiendra, de l'hymen qu'elle espère,
Que couvert et souillé du meurtre d'une mère.
Sera-t-il digne alors de mériter son cœur ?
C'est ce dont il est temps de démêler l'horreur.
Éclaircissons le doute où son erreur me plonge ,
Et d'un hymen trompeur dissipons le mensonge,

SCÈNE III.

ARSINOÉ, ALCMÉON.

ARSINOÉ.

Je puis donc vous revoir, et vous allez, seigneur,
Rompre l'indigne hymen conçu pour mon malheur.
Lorsque les biens qu'attend ma rivale jalouse
Étaient, vous le savez, la dot de votre épouse ;
En face des aveux qu'on vous a déjà faits,
Si ce motif ne peut émouvoir vos regrets,
Oubliez-vous l'arrêt porté par votre père ,
De poursuivre sa mort sur les jours d'une mère ?

Polynice, entraîné sur ses pas disparus,
Découvrit, poursuivit les jours d'Amphiarus.
Depuis, devenu père, il vous donna sa fille
Qu'un adultère hymen mit dans votre famille.
Vous allez renoncer à vos indignes nœuds
Et d'un père absolu remplir les justes vœux,
Ou jamais à la paix vous ne pourrez prétendre
Pour un fils à ses vœux indocile à se rendre.

ALCMÉON.

Ah ! que prétendez-vous ? qu'osez-vous attester ?
Moi ! qu'aux jours d'une mère il me faille attenter ?
Que je suis loin, grands Dieux ! d'un si barbare zèle !
Et quel emportement vous anime contre elle ?

ARSINOÉ.

Quoi ! ne fûtes-vous pas de même à mon égard ?
Et pour vous effrayer serait-il donc trop tard ?
N'est-ce pas dans vos vœux que ma perte transpire ?
Et n'est-ce pas aussi que la reine y conspire ?
Laquelle a plus de torts, d'une mère ou de moi,
Ressent plus de terreurs, inspire plus d'effroi ?
N'a-t-elle pas pour vous redoublé mon offense,
En m'accablant des torts de ma triste naissance ?
Qu'attend votre fureur sur ses vrais ennemis,
Que de venger un père à ce point compromis ?
La laissez-vous ici vous combattre et me vaincre,
Quand je puis de ses torts moi-même la convaincre ?
Étouffez dans un sang digne de ces horreurs
Un funeste poison source de vos erreurs.
Elle vient ; laissez-moi moi-même la réduire
Aux étonnants aveux dont je dois vous instruire.

ALCMÉON.

Ah ! Madame, gardez par vos vœux indiscrets
Des Dieux sur vos fureurs d'irriter les décrets.

SCÈNE IV.

ARSINOÉ, ÉRIPHYLE, ALCMÉON.

ARSINOÉ, à *Ériphyle*.

Vous arrivez à temps pour nous tirer d'un doute.
Dans les nouveaux soupçons que son amour écoute,
Que votre fils du moins puisse me respecter !
Qu'il sache que les biens qu'il veut me disputer
Ne sont que l'apanage acquis à ma famille,
Et dont la dot de droit est échue à leur fille.

ÉRIPHYLE.

Ces biens, et mes aveux doivent où être crus,
Quand le ciel disposa des jours d'Amphiarus,
Furent un triste échange à ce grand sacrifice.

ARSINOÉ.

Ne vous furent-ils pas remis par Polynice ?

ÉRIPHYLE.

A son départ pour Thèbe, il doit m'en souvenir ;
Mais où par ces aveux voulez-vous en venir ?

ARSINOÉ.

Reine, que ce début n'ait pour vous rien d'étrange,
Vous reçûtes pour dot un si funeste échange.

Ne fus-je pas moi-même envoyée en ces lieux,
Plus tard, par Polynice?

ÉRIPHYLE.

Au sujet de vos nœuds,
Le jour qui de mon fils consacra l'hyménée.
A quels aveux encor suis-je donc condamnée?
Et que prétendez-vous?

ARSINOÉ.

Pouvez-vous l'ignorer?
Et lorsqu'en Polynice il me faut espérer?
S'il m'envoya vers vous, si je suis votre fille,
J'ai quelque droit peut-être aux biens de ma famille.
Aux titres de ma race il me faut rétablir
Dans le rang dont mon père a voulu m'ennoblir.
Quand vous en convenez, quand la preuve est certaine,
N'osez-vous vous prêter à désarmer la haine
Du cruel ennemi qui prétend m'opprimer,
M'ôte votre tendresse et ne saurait m'aimer.

ALCMÉON, à Arsinoé.

Ah! que prétendez-vous, Madame, et quel outrage?
Notre désunion sera donc votre ouvrage?
Vaincrez-vous des dégoûts que je ne puis dompter,
Quand l'hymen à ma haine a peine à résister?

ARSINOÉ.

(A Alcméon.)   (A Ériphyle.)
Et vous, quel est, seigneur, votre espoir?... Mais, Madame,
Vous-même espérez-vous triompher de sa flamme?
Il ne vous a pas dit qu'au nom d'Amphiarus,
Ses malheureux soupçons sur vous se sont accrus;

Que l'ordre dont un père arma sa vigilance,
Vous aurait la première offerte à sa vengeance ?

ÉRIPHYLE.

(A Alcméon.)   (A Arsinoé.)
Moi! de quoi m'accuser, prince ?... Madame, et vous,
Dût votre haine encor se joindre à votre époux,
Oui, vous êtes ma fille, et sous un triste auspice
Par un funeste hymen fille de Polynice.
J'ai dû vous le cacher aussi bien qu'à mon fils,
Les trésors dont pour vous j'ai recueilli le prix
Sont vos biens, votre dot; je m'en suis dépouillée
Pour voir aux jours d'un fils ma fille encor liée.
Prince, de mes bienfaits voulez-vous me punir,
Et n'en jouissez-vous que pour nous désunir ?

ALCMÉON.

Moi ! que de vos bontés mon respect vous punisse ?
Moi ! Madame, à ce point qu'Alcméon vous trahisse?
Loin de vous le soupçon qu'un fils puisse attenter
Aux nœuds sacrés du sang qu'il lui faut respecter !
Eh, qu'ai-je à demander ? et que veux-je autre chose
Que voir rompre un hymen où mon amour s'oppose?
Où je ne puis encore exprimer sans frémir
Combien Arsinoé me force à la haïr ?

ARSINOÉ.

C'est à quoi cependant vous devez vous résoudre,
Prince. Ou m'abandonner tout-à-fait, ou m'absoudre,
Respecter l'union qui fait tous nos malheurs,
Et me rendre une dot que vous portez ailleurs.

ÉRIPHYLE.

Eh! Madame, eh, seigneur! quelle ardeur vous transporte?
Faut-il qu'à ces éclats la vengeance vous porte?
Que je vous voie ainsi, pour déchirer mon cœur,
Détruire tous les soins dont j'ai fait mon bonheur?
Vous possédez mes biens; si telle est votre envie
Pour remplir vos souhaits prenez encor ma vie.
Mon cœur à vos désirs n'a rien à disputer,
Et je meurs sans regrets si c'est vous contenter.

ALCMÉON.

Moi! Madame, grands Dieux! rechercher votre perte?
A de tels sentiments que ma tendresse ouverte,
Aspire à votre mort? Vous ne le croyez pas.

ARSINOÉ.

Moi, Madame! avec lui vouloir votre trépas!
Vous repoussez sans doute un soupçon qui m'outrage?
Mais faites dans nos nœuds respecter votre ouvrage;
Qu'un cruel dout vos dons m'ont acheté la foi
N'arme point contre vous les biens qu'il tient de moi.

SCÈNE V.

ÉRIPHYLE, *seule.*

Enfin donc, je commence à découvrir l'abîme
Qu'entrouvre sous mes pas le sang de ma victime.
Malheureuse, eh, comment trouverais-je la paix?
Je les vois tous les deux, armés par mes bienfaits,
A l'envi contre moi s'armer de l'imprudence
Qui peut de mes remords démentir l'innocence?

Amphiarus, ton fils s'élève contre moi
Pour disputer ta veuve à l'ombre de son roi ;
Soi-même Arsinoé, se montrant sans excuse,
Si je ne l'en punis me menace et m'accuse.
Que veulent-ils tous deux ? Et si j'épargne un fils,
Puis-je de son épouse entendre les avis ?
Elle qui s'appuyant du remords qui m'assiége
N'a plus auprès de moi d'appui qui la protége.

SCÈNE VI.

ÉRIPHYLE, CALLIRHOÉ.

CALLIRHOÉ.

Madame, d'un hymen protégé par vos vœux
Quand votre fils se prête à différer les nœuds,
Je puis dans votre sein répandre mes alarmes,
Et contre mes chagrins chercher de sûres armes.
Quel reproche ai-je encore à mériter de vous ?
Hélas ! dans mon malheur m'abandonnerez-vous ?

ÉRIPHYLE.

Si de ses premiers nœuds rétractant l'imprudence
J'ai d'un fils qui m'est cher secondé l'inconstance,
Qu'un triste souvenir et des chagrins secrets
M'aient pour votre rivale inspiré des regrets,
Il n'est plus temps enfin de vous cacher, Madame,
Quel nouveau changement a pu naître en mon âme.
Ses plaintes aujourd'hui, ses alarmes pour vous
Et ses sévérités à l'égard d'un époux,

M'ont arraché l'espoir de pouvoir la contraindre
Et me font redouter le sort qu'elle en doit craindre.
D'après ce que j'ai vu de son emportement
A condamner l'excès de votre égarement,
Que n'oserait sur moi sa cruelle vengeance,
Pour punir d'un époux la nouvelle inconstance ?

CALLIRHOÉ.

Combien m'étonne, hélas ! votre sévérité
Par ce refus étrange et si peu mérité ?
Ainsi, par vos aveux secondant ma tendresse,
Vous flattiez vainement mon imprudente ivresse ?
Et si près de ma perte et du terme où je cours,
Vous m'osez refuser vos inconstants secours ?
Est-ce là le retour où je devais m'attendre
Après tant de constance, une amitié si tendre,
Et tout l'attachement que je vous ai juré
Pour un hymen trompeur et trop aventuré ?

ÉRIPHYLE.

Non, je n'ai point pour vous abjuré mes alarmes.
Dans mon isolement, ma langueur et mes larmes,
Vos soins, votre amitié, la paix que j'en ressens,
Sont encor dans mes maux les dons les plus puissants.
Mais jugez de mon sort ! Déployant ma colère
Sur l'épouse et l'enfant dont je me sens la mère,
La puis-je, hélas ! trahir ? Le puis-je sans trembler,
Lorsqu'à rompre ses nœuds mon cœur doit chanceler ?
Quand pour la remplacer je ne puis sans la craindre,
Vous immoler des nœuds qu'il me faudrait enfreindre.

3

CALLIRHOÉ.

Me donner votre fils, le nommer mon époux,
C'est trahir vos devoirs et vous perdre pour nous ;
Mais pour n'oser en plein achever votre ouvrage,
Ai-je à votre concours refusé mon courage ?
Et pouvez-vous douter que, pour vous soutenir,
Je m'engage à l'époux à qui je dois m'unir ?
Que pour lui résister une âme assez rebelle
Ne rencontre en mon cœur une épouse fidèle ?

ÉRIPHYLE.

Et vous, sur mes danger cherchant à m'aguerrir,
Voulez-vous donc aussi me forcer de périr ?
Afin de vous sauver recherchez-vous ma perte ?
Hélas ! à vos désirs mon âme s'est ouverte.
Mais que peuvent vos vœux, triste Callirhoé ?
Et comment résister aux droits d'Arsinoé,
Qui bientôt de l'époux dont la fuite l'outrage,
Réclamera l'hymen dont j'ai fait mon ouvrage ?
C'est ce qu'il vous faut craindre. Eh ! ne voyez-vous pas
De quels piéges encore elle a semé vos pas,
Lorsque de Télénus, avec la même adresse,
Elle a pour vous unir secondé la tendresse ?
Frère d'un autre lit, choisi pour votre époux,
Sa seule inimitié le soutient près de vous.
Que ne pourra sur vous leur haine réunie,
Que leur espoir déchu rendra votre ennemie ?

CALLIRHOÉ.

Leur haine, croyez-m'en, ni leurs efforts sur moi,
Ne sauraient d'Alcméon me disputer la foi,

Et jamais à ce fils n'ôteraient la constance
Que j'ai jurée au feu qui vous doit sa naissance.
A ces feux préférés faites le même accueil
Qu'en reçoivent nos cœurs pleins d'un si juste orgueil,
Ou rebelle aux douleurs, aux cris de ma souffrance,
De tout bonheur vous-même étouffez l'espérance.

FIN DU TROISIÈME ACTE.

ACTE QUATRIÈME.

SCÈNE PREMIÈRE.

ARSINOÉ, TÉLÉNUS.

ARSINOÉ.

Enfin, pour nous parler il est temps de nous voir,
Et d'achever l'hymen qui fait tout mon espoir.
Si j'en crois des destins la menace importune,
Ce jour de mon bonheur comble mon infortune.
Callirhoé jamais ne saurait renoncer
Aux nœuds qu'en son audace elle osait s'annoncer,
Et plus ambitieux et plus à craindre qu'elle,
Alcméon est bien loin d'y paraître infidèle.
Ce fils que pour le perdre et la faire périr,
J'armai contre une mère et ne puis retenir,
Aujourd'hui rassuré, plus ferme dans son crime,
Marche sans se troubler entre ce double abîme.
La reine, sans soupçon, sans crainte du trépas,
S'avance à des dangers qui ne l'atteindront pas,
Et je vais voir son fils en s'approchant du trône,
A ma rivale heureuse assurer la couronne.

Aidez-moi, s'il se peut, à rompre de tels coups,
Sachez triompher d'elle ou soyez son époux.
Prévenez, s'il est temps, un désordre funeste,
Et voyez pour agir quel obstacle nous reste.

TÉLÉMUS.

Puisqu'aux vôtres le sort assemble mes malheurs,
Je dois à votre plainte exposer mes douleurs.
Loin qu'à s'en dépouiller elle puisse s'attendre,
Sûre de la grandeur où je l'ai vu prétendre,
Callirhoé jamais ne peut à mon amour
Offrir que les mépris dont j'obtiens le retour.
C'est en vain qu'à ses vœux opposant ma constance,
A ses premiers serments j'offre sa résistance
Mon amour ne peut rien pour vaincre la froideur
Qu'arme contre mes feux sa prochaine grandeur;
Tâchons donc d'accorder sa flamme à votre haine,
Et cherchons le moyen de mieux faire une reine.

ARSINOÉ.

Le cœur par ses refus si longtemps éprouvé
Vous m'ouvrez un avis que j'ai d'abord trouvé.
J'ai pensé vous le dire. Est-il quelqu'espérance
De réunir deux cœurs si mal d'intelligence?
Vous-même, à ce parti faut-il vous abaisser,
Sûr d'avoir le secret de pouvoir l'y forcer?
Il faut donc m'expliquer, Honteuse à votre vue,
Que vos ressentiments m'aient si mal prévenue;
C'est au courage seul à remettre en vos mains
Celle qu'un autre hymen arrache à vos destins.

Au temple déjà prêt , afin de la réduire,
Des amis apostés sauront vous introduire.
Là , de Callirhoé vous déclarant l'époux ,
Vous verrez par l'hymen ses autres nœuds dissous ;
La force achèvera de vous en rendre maître,
Et ce que vous perdiez saura vous le soumettre.

TÉLÉNUS.

Je puis facilement répondre de l'époux ,
Mais contre le vainqueur suis-je assez sûr de vous ?
Et puis-je de vos nœuds vous ravir l'espérance ?

ARSINOÉ.

Quoi qu'il puisse arriver, comptez sur ma constance.
Allez donc , suivez-la , ne vous séparez pas ;
Quand moi-même à la reine attachant tous mes pas,
Sur moi de son pouvoir détruisant la puissance ,
Je vais de ses efforts détourner l'inclémence.
Mère dénaturée, elle fait à mes yeux
Des torts de ma naissance un forfait odieux.
Libre de tout devoir, en fille criminelle,
Je n'ai qu'à m'affranchir de mon époux et d'elle.

Callirhoé survient ; pour la rendre au devoir,
Prévenez les fureurs d'un cœur au désespoir.

SCÈNE II.

TÉLÉNUS, CALLIRHOÉ.

TÉLÉNUS.

Puisqu'à propos ici mon amour vous rencontre,
Oui, Madame, à mes yeux que votre cœur se montre,

Sans m'entendre d'abord vous m'avez condamné,
Et je vois à vous fuir tout mon espoir borné ;
Mais ce désir cruel dont la haine m'accable
N'est pas dans votre bouche un trait irrévocable,
Et vous rétracterez un arrêt suborneur,
Si peu d'accord aux vœux formés dans votre cœur.
De vos premiers serments enfin qu'il vous souvienne,
Examinez les vœux formés dans votre haine ;
Est-il dans le devoir que vous abandonniez
Celui que vos aveux retenaient à vos pieds ?
Que moi-même, un amant sûr de votre tendresse,
Je vous livre à l'objet d'une nouvelle ivresse.

CALLIRHOÉ.

Seigneur, épargnez-vous des regrets superflus,
Sûr que de mon côté je n'y répondrai plus.
Je n'ai point sur mes vœux à m'expliquer d'avance
D'un nouveau changement ou de mon inconstance,
Ni vous dire à quel point l'ordre que j'en reçoi
Doit plier ma tendresse aux volontés du roi.
Sans doute la couronne et le choix d'un empire
Valent bien qu'on se prête à l'hymen où j'aspire ;
Et je crois sur ce point déjà vous avoir dit
Qu'un reproche plus long vous devient interdit ;
Que le roi prendrait mal une telle imprudence,
Et pourrait se fâcher d'un discours qui l'offense.

TÉLÉNUS.

Je crois à vos discours que, prête à le haïr,
Votre âme en m'approuvant tremble de se trahir,

Et que vous redoutez qu'on ne vous fasse un crime
De votre résistance au joug qui nous opprime.
S'il n'avait le pouvoir de vous intimider,
Vous-même à me trahir qui peut vous décider ?
Et quoique, dans sa cour, l'otage de sa haine,
Pensez-vous sans appui qu'elle vous y retienne ?
Qu'un refuge assuré, plus grand que son pouvoir,
Ne le force à plier sous la loi du devoir ?
Et qu'il ne cède enfin à l'illustre alliance
D'aïeux plus relevés que ne l'est sa naissance ?
Ce rang vous est offert ; le fils d'Amphiarus
Ne saurait s'égaler au sang de Labdacus ;
De Polynice en moi vous épousez la race.

CALLIRHOÉ.

Épargnez-moi l'honneur que ce nom vous retrace.
Je crois déjà, seigneur, vous avoir prévenu
Qu'à contraindre mes vœux vous seriez mal venu ;
Que quelqu'illustre aïeul qui m'adopte pour fille,
Le roi doit seul régler mon rang et ma famille,
Et que de sa faveur je ne descendrai pas
Sans qu'on me la dispute avec d'autres appas.

TÉLÉNUS.

Dites sans offenser une épouse, une reine,
Qu'au rang qu'elle mérite il faut que je soutienne.
Frère d'Arsinoé, me croyez-vous d'humeur
A vous voir enlever les titres de ma sœur ?
Et de ce seul divorce obtenant deux victimes,
Que vous rompiez sans droit des nœuds si légitimes ?

Après ce que sur elle on vous a révélé,
Et que de ses aïeux le sort est dévoilé.
Quels droits vous resteraient? que pouvez-vous attendre
D'un rang d'où vous repousse et leur fille et leur gendre?
Oui lui-même, Alcméon, aurait beau vous l'offrir,
Et son devoir s'obstine à vous faire périr,
Songez-y; vous risquez et le trône et la vie,
Et votre liberté va vous être ravie.

SCÈNE III.

CALLIRHOÉ, ALCMÉON.

CALLIRHOÉ.

Que fait votre courage? On me brave à vos yeux,
Sans que vous réprimiez ce coup audacieux.
En vain à mes regards la malveillance éclate,
Quand de vous échapper je vois qu'elle se flatte.
Si vous restez en butte à ces vils attentats,
Notre espérance échoue et ne s'accomplit pas.
Arsinoé déjà redouble la menace
Dont ses premiers aveux vous ont appris l'audace;
Et son frère à l'instant vient de manifester
Des desseins qu'envers vous j'ose à peine attester.
Quoi! de vos ennemis mourrai-je la victime,
Sans les voir désarmés par un nœud légitime?

ALCMÉON.

J'ai prévu dès longtemps ces efforts impuissants,
Et mes ordres suivront des périls plus pressants.
Contenez vos terreurs.

CALLIRHOÉ.

Si je dois vous les taire,
A les mieux prévenir qu'attend votre colère ?
Sera-t-il temps alors qu'accroissant leur affront,
De nouveaux ennemis aux nôtres s'uniront ?
Eriphyle d'abord, approuvant ma constance,
Favorisa mes vœux ou bien mon imprudence,
Quand des chagrins récents et peut-être des torts
Sur ma rivale heureuse excitaient ses remords.
Mais pour sa fille enfin sa terreur disculpée
Fait place à la pitié dont elle est occupée,
Et, se montrant sensible à ses nouveaux malheurs,
Semble accueillir sa plainte et condamner mes pleurs.
Lui donnez-vous le temps d'assurer sa victoire,
Afin que de me vaincre elle emporte la gloire ?

ALCMÉON.

Entre elles, je l'avoue, un pareil changement
Me semble de leur haine un grave événement,
Après que les aveux de sa triste naissance
Ont pour Arsinoé désarmé sa clémence.
Ce calme de la reine et ce barbare accueil
A l'ombre d'un époux font un funeste deuil.
J'aurais pu dans la nuit d'un rigoureux silence
Excuser pour sa fille un reste d'indulgence ;
Mais lorsque sa faiblesse, en l'approchant de moi,
En fait un lâche outrage à l'ombre de son roi,
Puis-je donc oublier la sentence sévère
Dont s'arme contre moi la volonté d'un père !
Et que ce père même excitant ma fureur
Me demande sa mort pour prix de son erreur ?

Faut-il donc la punir malgré mes vœux pour elle
Et traiter en coupable une mère cruelle?
Est-ce ainsi que des Dieux le courroux irrité
D'un fils dans son devoir reconnaît la bonté?
Lorsqu'encor si rebelle à l'en rendre victime
Leur funeste ascendant me commandait un crime?
Ou plutôt est-ce ainsi que ces Dieux inhumains
Pour leurs ordres cruels punissent mes dédains?
Ah! malgré la rigueur d'un si triste supplice,
Sauvez-moi de l'horreur de m'en rendre complice!

CALLIRHOÉ.

Ne la partagez pas; contenez la terreur
Des excès dont on veut vous inspirer l'horreur.
Un fils peut-il ainsi d'une aveugle démence
Sur un ordre inhumain s'armer sans résistance?
Loin de vous condamner de la tendre pitié
Qui soustrait une mère à votre inimitié,
Sur Arsinoé seule arrêtez la vengeance
Des noirs emportements nés de sa violence.
Devrait-elle à ce point d'un barbare transport,
S'armer contre une mère et demander sa mort?

ALCMÉON.

Oui, j'en crois votre voix plus douce et plus humaine.
Ainsi que mon amour vous gouvernez ma haine;
Calmez par vos conseils un cœur où vous régnez.
Que de pleurs, de regrets, ô ciel! vous m'épargnez!
Je vais revoir la reine avant de rien résoudre,
Et de ses désaveux prendre droit de l'absoudre.

SCÈNE IV.

CALLIRHOÉ, ÉRIPHYLE, ALCMÉON.

ALCMÉON, à Ériphyle.

Madame, j'espérais que la reine aujourd'hui,
A mon nouvel hymen prêterait son appui.
Le ciel, pour affermir cette heureuse assurance,
Vous rend à mon amour comme à mon espérance.
Vous allez donc enfin aux autels où je cours,
Confirmer l'union dont dépendent mes jours,
Ou je ne réponds pas qu'Arsinoé jalouse,
N'immole de sa main un fils et son épouse.
Leur sort, si vous tardez, n'est pas en sûreté,
Elle-même en prédit le dessein arrêté.

ÉRIPHYLE.

Aux nœuds que j'ai formés préparant cet outrage,
Moi ! que de cet hymen je détruise l'ouvrage ?
J'aurais pu, dès l'instant de vos premiers dégoûts,
A l'hymen de ma fille arracher son époux,
Quand sa flamme ignorée et sa nouvelle chaîne,
Tenaient de ses penchants l'espérance incertaine.
Mais aujourd'hui qu'enfin son amour déclaré
Croit voir de sa tendresse un époux séparé,
Malgré mes premiers vœux, malgré la répugnance
Que j'opposai toujours aux droits de sa naissance,
Je ne puis, rappelant un triste souvenir,
Du cœur de son époux chercher à la bannir.

Je sais qu'à cet hymen ma tendresse contraire
En repoussa longtemps le dessein téméraire,
Qu'il s'oppose à des nœuds qu'on m'a fait rétracter ;
Mais enfin il existe, il le faut respecter,
Ne plus voir dans ces nœuds les outrages d'un père,
Approuver mon ouvrage, et craindre votre mère.

ALCMÉON.

Quoi ! de ces premiers nœuds reconnaissant l'erreur,
Vous en voyez l'effet, vous en jugez l'horreur !
Et vous voulez encore, au mépris de ma gloire,
De mon père immolé qu'ils souillent la mémoire.
Insensible aux terreurs qui doivent m'alarmer ;
De ses ordres cruels voulez-vous donc m'armer ?
Et savoir à quel point respectant sa famille,
Il est loin d'adopter Arsinoé pour fille ?
Indigne de ce rang dont vous l'osez flatter,
Combien de ses devoirs elle a su s'écarter !

CALLIRHOÉ.

De tendresse pour vous, vous la croyez frappée,
Lorsque secrètement à vous perdre occupée,
Auprès de votre fils poursuivant votre mort,
Sa haine à l'obtenir croît, redouble d'effort.
L'aigreur de ses conseils, sa rigueur s'exagère
L'impérieux devoir qu'il a reçu d'un père.

ÉRIPHYLE.

Mon fils ! il se pourrait ?

ALCMÉON.

                    Eh quoi ! ignorez-vous ?
Madame, faut-il donc me rendre à son courroux ?

Lorsque, vous le voyez, votre nouvelle offense
D'un père chaque jour réclame la vengeance ?

ÉRIPHYLE.

Eh bien ! obéissez, accomplissez l'arrêt.
Votre bras s'y résout, mon fils, mon cœur est prêt.
Rien ne saurait plier ma volonté suprême
A rompre un nœud sacré que j'ai formé moi-même.
Vous voulez m'en punir ; quel crime ai-je commis ?
Veuve d'Amphiarus j'ai couronné son fils,
Et par lui consolée, unie à Polynice,
Ma main de ses présents lui fit le sacrifice.
Son fils en a joui ; que ce fils aujourd'hui
Me punisse des biens dont j'héritai pour lui.
Il le peut, j'y consens ; que la foudre s'apprête
Et lance, s'il le veut, tous ses traits sur ma tête !

ALCMÉON, à Callirhoé.

Ah ! ne la quittez pas , prévenez ses douleurs,
Et s'il se peut encor qu'elle écoute vos pleurs ?

SCÈNE V.

ALCMÉON, seul.

Au succès de mes vœux, quoi ! la reine s'oppose ?
Et traverse un dessein que mon devoir s'impose ?
Ainsi le sort cruel voudrait-il me punir
Des ordres inhumains dont j'ai su m'affranchir ?
Il veut de mes refus que l'infortune expie
Ma cruelle indulgence et ma tendresse impie.

Mais cet ordre inouï que j'ai dû respecter
A-t-il donc des rigueurs qu'on ne puisse éviter ?
Je n'ai pas d'un oracle entendu le langage ;
Et la voix de mon père est son seul témoignage.
Ah ! dût sa fermeté me coûter mon bonheur,
Ce refus d'une mère et ce barbare honneur
De sa sévérité n'ont pu m'armer contre elle,
Et je dois respecter une mère cruelle.
Ainsi, puisse tomber sur ses seuls ennemis
L'outrageante rigueur qu'on attendait d'un fils !

SCÈNE VI.

ALCMÉON, THESTOR.

THESTOR.

Seigneur, du temple même où je l'ai vu paraître
Télénus à l'instant vient de se rendre maître ;
L'autel est menacé.

ALCMÉON.

Défendez-en l'accès,
Allez : de vos soldats, entourez le palais.

SCÈNE VII.

ALCMÉON, ARSINOÉ.

ARSINOÉ.

Eh bien, de cet hymen où mon cœur se résigne,
Vous allez par vos soins enfin vous rendre digne ;

Par votre obéissance il le faut mériter,
Et des ordres d'un père oser vous acquitter.
Cette expiation d'une cruelle offense
Vous exempte des torts d'une injuste naissance ;
Et du même fardeau me sentant oppresser ;
Je veux à ce devoir moi-même vous forcer.
Ce n'est qu'en remplissant l'espérance d'un père
Que le ciel peut bénir votre union prospère.
Allez donc, et portez, gardez à d'autres nœuds
La main que ce devoir charge d'un crime affreux !

ALCMÉON.

Les Dieux n'ont point encore appuyé d'un oracle
L'ordre à qui mes refus pourraient servir d'obstacle,
Et leur sévérité ne saurait me punir
Des liens criminels qui pouvaient nous unir,
Quand de ces mêmes nœuds découvrant l'imprudence
J'en voudrais avec vous repousser l'alliance.
Puisse un nouvel hymen, l'objet de nos souhaits,
Ne nous pas éprouver par de plus longs regrets !
Vous qui, de mes remords m'armant contre une mère,
Excitez ma tendresse au souvenir d'un père,
Craignez par un retour qu'on ne peut prévenir
D'en tourner contre vous l'importun souvenir,
Et que du zèle outré qui contre elle s'anime,
Vous-même en l'accusant vous ne soyez victime.

ARSINOÉ.

Oui, seigneur, menacez par des vœux superflus,
Mes jours en sûreté qui ne vous craignent plus.

Me voilà, grâce au ciel ! de vos nœuds éloiguée ;
Votre épouse n'est plus , vous l'avez condamnée.
Votre nouvel hymen va bientôt s'accomplir ;
Il faut voir vos desseins, vos projets se remplir.
Je m'attends à juger de leur nouvelle épreuve ,
Et de votre bonheur veux obtenir la preuve.

ALCMÉON.

Sur mes vrais intérêts lassé de me tromper,
Que votre cœur du mien cesse de s'occuper ;
Il sera pur , serein , tranquille, sans nuage,
Ou je ne réponds pas d'y mêler quelqu'orage ;
Et sur vos sentiments que trop bien avisé ,
Mon cœur de ses rigueurs ne se croie excusé.

ARSINOÉ.

Oui , trop heureux amant d'une épouse si chère ,
Il faut à votre hymen immoler votre mère ;
Venez hâter par elle un si rare destin ,
Et pour vous couronner la prendre de ma main.

FIN DU QUATRIÈME ACTE.

ACTE CINQUIÈME.

SCÈNE PREMIÈRE.

ÉRIPHYLE, *seule.*

Aux autels disposés pour la cérémonie,
L'épouse à sa rivale est bientôt réunie.
Sur la plus juste cause il les faut accorder,
S'il ne m'est pas permis d'en pouvoir décider.
Sur qui pourra des Dieux pencher la préférence ?
Sur celle dont les droits condamnent l'espérance ?
Rien ne semble en ternir l'aimable pureté,
Et j'ai pu de ses soins m'aider en sûreté.
Soutiendront-ils enfin la fille criminelle,
Qui poursuit sur sa mère une mort que j'appelle ?
Les Dieux me sont témoins qu'observant leurs avis,
J'ai cru servir leurs vœux en lui donnant mon fils.
De mon premier époux ainsi le sacrifice,
Dans mes nouveaux liens enchaîna Polynice.
Contre ses ennemis il fallait m'appuyer ;
Il devint son vengeur et non son meurtrier !
On veut sur cet hymen réveiller mes alarmes ;
Ah ! si vingt ans d'oubli, mes regrets et mes larmes,

N'ont pu mettre ma vie à l'abri du soupçon ,
Quelle faute a jamais mérité de pardon !

   Allons, mon cœur est pur, tranquille, sans reproche ,
Des autels apaisés ne craignons point l'approche ;
Entrons.

SCÈNE II.
ÉRIPHYLE, ARSINOÉ.

ÉRIPHYLE.

   Quoi ! de l'époux de vos nœuds séparé ,
Venez-vous voir l'hymen au temple préparé ?
Sûr d'y faire approuver sa nouvelle inconstance ,
Verra-t-il vos aveux ou votre résistance ?
Madame, à mes chagrins unissant vos douleurs ,
Venez-vous soutenir ou démentir mes pleurs ?
Après tous mes efforts voudrez-vous me connaître ,
Mieux juger votre mère et qui vous a fait naître ?

ARSINOÉ.

Je viens des nœuds sacrés par vous-même formés ,
Invoquer les serments vainement confirmés ,
Trahis par votre fils, réclamés par sa femme ,
Et que de nouveaux nœuds effacent de votre âme.

ÉRIPHYLE.

Vous pourrez aux autels en éclaircir les droits ,
Des Dieux interrogés vous entendrez la voix ;
Et mon vœu le plus cher dans mon sort misérable ,
Est qu'ils rendent pour vous un arrêt favorable.

ARSINOÉ.

Vous n'avez pas pour lui conçu les mêmes vœux ,
Quand vous le disposiez à former d'autres nœuds.
A l'abandon d'un fils deviez-vous condescendre ,
Après les nœuds plus saints où je l'ai vu se rendre ?

ÉRIPHYLE.

Pouvais-je donc, ô ciel ! disposer de son cœur,
Et de vos sentiments lui défendre l'horreur,
Quand vous l'avez armé du souvenir d'un père ;
Et contre son épouse et contre votre mère ?

ARSINOÉ.

Et l'épouse et la mère, en leurs fausses vertus,
S'effacent à l'envi dans leurs droits confondus !
Ainsi qu'à votre époux vous fûtes infidèle,
Votre fille vous vit mère injuste et cruelle.
Et vous l'avez été quand me livrant son fils,
Votre infidélité nous a tous compromis !
Si de quelque rigueur vous me croyez capable,
Il faut en criminelle absoudre une coupable.
Où vous m'avez donné d'illégitimes droits,
J'y réponds par des vœux, des actes de mon choix.
Attendez-vous aux coups d'une main plus sévère,
Où vous faites régner une race adultère ;
Où vous n'osez encor, sans force et sans pouvoir,
Ramener un époux sorti de son devoir.

ÉRIPHYLE.

Je vous l'ai dit : des Dieux dépend votre alliance,
Et je vais aux autels implorer leur puissance.

(Elle entre au temple.)

SCÈNE III.

ARSINOÉ, seule.

Ils seront sourds pour elle ! ils ne suspendront pas
Le cours de leurs décrets, l'ordre de son trépas.

Pour son fils plus de paix, de pompe, d'hyménées,
Que son bras n'ait servi l'ordre des destinées.
S'il tarde, de mes mains je saurai le remplir,
Et pour l'en accuser moi-même l'accomplir.
Elle court assister à la pompe nouvelle,
Où des époux charmés la présence l'appelle.
Elle est déjà livrée aux surveillants soumis,
Qui l'entourent pour moi de leurs rangs ennemis;
Qui de ses attentats doivent tirer vengeance;
A qui j'ai de ce meurtre assuré l'indulgence.
Quel châtiment, ô ciel ! n'a donc pas mérité
Envers un tendre époux tant de témérité?
Et pour sa fille encor l'hymen illégitime
Qui fait revivre en moi la honte de son crime ?
Des plus noirs attentats triste postérité,
Le seul fruit qu'en mes flancs l'hymen ait hérité.

SCÈNE IV.

ARSINOÉ, ALCMÉON.

ALCMÉON.

Au temple protégé par mon ordre sévère,
Vous attaquez des droits qu'il faut que je révère.
Qu'y venez-vous chercher? quel ordre inattendu
Soulève le tumulte en ces lieux répandu ?
Expliquez-vous enfin.

ARSINOÉ.

      Où la lutte est égale,
Je viens ou couronner ou perdre ma rivale.
Elle règne par vous, je régnerai par moi,
Si je suis forte assez pour vous faire la loi.

ALCMÉON.

Vous êtes disposée à vous armer contre elle ?
A combattre les vœux d'une ardeur mutuelle ?

ARSINOÉ.

Dites : aux plus constants et plus justes efforts,
Pour repousser des nœuds suivis de prompts remords.

ALCMÉON.

Epouse indigne ! Eh quoi ! la colère céleste
M'opposera toujours la chaîne de l'inceste,
Pour étouffer l'orgueil du penchant vertueux
Dont j'ai conçu l'amour dans vos horribles nœuds ?
Mais, pour en triompher, où donc est votre mère ?
Qui vous donna le jour ? L'assassin de mon père.
Et vous osez braver et votre souverain,
Et l'époux que l'horreur chasse de votre sein ?
Cessez de l'espérer.

ARSINOÉ.

Fils, époux infidèle,
Reconnais, il est temps ! ta chaîne criminelle ;
Après que ta vertu s'armant, quoiqu'à regret,
A des ordres d'un père étouffa l'intérêt.
Retrouvant aujourd'hui la fierté dans ton âme,
Tu viens prier le ciel pour ta nouvelle flamme.
Prévenu jusqu'ici de tes faits immortels,
Pour un crime plus noir il t'appelle aux autels ;
Et je le poursuivrai, fils ingrat et parjure,
Jusqu'à ce que ta honte ait lavé mon injure,
Et que de tes remords mes désirs satisfaits,
Aient enfin de ta mère expié les forfaits.

SCÈNE V.

ALCMÉON, *seul.*

Que va donc, justes Dieux ! ordonner sa furie,
Et de quel crime encor sa bouche se récrie ?
Voilà donc les excès qu'il fallait prévenir,
Et que j'ai refusé, dédaigné de punir ?
C'est sur moi seul bientôt que retombe la haine
Qui s'attaque à l'objet de ma nouvelle chaîne.
Si déjà la cruelle a soif de notre sang,
Que tarde notre amour d'en épuiser son flanc ?
De détourner contre elle et la haine et l'outrage
Dont sa fureur sur nous veut épancher la rage ?
L'amour à la frapper invite encor ma main,
Et pour avoir la paix m'en ouvre le chemin.

SCÈNE VI.

ALCMÉON, CALLIRHOÉ.

ALCMÉON.

Madame ! ah ! savez-vous quelle barbare envie
Rampe aux pieds des autels pour m'arracher la vie?
Arsinoé les ferme à notre aveugle amour.

CALLIRHOÉ.

Ma vengeance est plus noble et cherche le grand jour.
Venez ! entrons au temple.

ALCMÉON.

           Eh quoi ! votre imprudence
Ose de ses transports braver la violence !

CALLIRHOÉ.

Ne craignez rien, vous dis-je.

ALCMÉON.

              Alors que d'assassins
Une horde vous livre à ses affreux desseins !

CALLIRHOÉ.

Je ne crains rien.

ALCMÉON.

           Allons, gardez de vous y rendre ;
Votre vengeance est prête et je cours l'entreprendre.
Je vais donc l'accomplir ; et vous débarrasser
Du trouble et du danger qui peut vous menacer.

SCÈNE VII.

CALLIRHOÉ, TÉLÉNUS.

TÉLÉNUS.

Madame, il faut vous rendre et vous livrer sans crainte
Aux gardes dont ma voix a rempli cette enceinte.
Mes soldats disposés à vous suivre aux autels,
Les vont prendre à témoin de vos nœuds immortels.

CALLIRHOÉ.

Moi, seigneur ! quel sujet en vous armant pour elle,
Vous ferait de ma cause embrasser la querelle ?
Quel motif vous y porte ? et quel choix indiscret
A donc pu vous armer contre votre intérêt ?

TÉLÉNUS.

Madame, à vous servir mon désir est le même,
Rien n'a changé l'objet de ma tendresse extrême ;

on intérêt n'est plus que de le contenter ,
t je n'ai d'ordre ici que de vous arrêter.

CALLIRHOÉ.

Moi, seigneur ? je le suis; et le roi va paraître,
Qui de ma liberté vient pour se rendre maître.

SCÈNE VIII.

ALCMÉON , CALLIRHOÉ, TÉLÉNUS , SUITE D'ALCMÉON.

ALCMÉON, à Callirhoé.

Vous n'avez plus, Madame, à trembler pour vos jours !
Ni craindre une rivale.

CALLIRHOÉ.

                    Ah ! seigneur, quel secours !
S'il vous coûte son sang.

ALCMÉON.

                    Oui, Madame, elle est morte ;
Et ma rage à la fin s'est trouvée assez forte.
Aux autels où d'abord elle semblait prier ,
Elle appelait sur vous le glaive meurtrier.
Je l'approche, et ma main encor mal assurée
Hésite à lui donner une mort désirée.
Mais enfin sous mes coups je la vois chanceler ;
Elle semble en tombant vers elle m'appeler ;
Et, je le crois, afin de fléchir ma colère,
Prend l'air, la ressemblance et les traits de ma mère.
Mais en vain sa douleur en m'appelant son fils,
Et me tendant les bras, m'implore par ses cris ;

Je ne suis que plus prompt à frapper la cruelle,
Et vois, les yeux couverts d'une nuit éternelle,
Tomber Arsinoé.

TÉLÉNUS.

Barbare ! Quelle horreur !

ALCMÉON.

Oui ! quelle voix ici s'anime en sa faveur ?
Oui ! je le vois au sang que je viens de répandre !
C'est un sang abhorré ! je ne puis me méprendre.
Vous allez donc me suivre, et sans rien redouter,
Voir la victime...

SCÈNE IX.

ARSINOÉ, *se montrant à la porte du temple*, **ALCMÉON,**
CALLIRHOÉ , TÉLÉNUS, SUITE D'ALCMÉON.

*(Au moment où Alcméon est près d'entrer au temple avec
Callirhoé, la suite s'écarte et laisse voir Arsinoé.)*

ALCMÉON.

O ciel ! Qui vient m'épouvanter ?

(A Arsinoé.)
Ombre terrible ! Eh quoi ! ne t'ai-je pas frappée ?
Viens-tu pour me poursuivre ?

ARSINOÉ.

A ta rage échappée,
Eh bien ! dis, de ta mère ai-je emprunté les traits ?

ALCMÉON.

O monstre ! que j'abhorre et déteste à jamais !
Ta voix pour m'abuser n'a pas pris son image ;
Elle avait pris tes traits ! je le sens à ma rage ;
A l'ardeur dont mes coups allaient chercher son sein,
Toi seule à l'immoler as pu porter ma main.
Ah! je me cherche en vain; mon désespoir commence !
Mais sans avoir jamais repoussé la clémence;
Mon cœur fut innocent, je le sens à mes pleurs,
J'ai succombé sans crime à d'injustes rigueurs.
Auteur de tous mes maux, implacable furie !
Que l'Enfer prend, relâche et veut rendre à la vie,
N'es-tu pas satisfaite ? Ah ! fuis, éloigne-toi !

ARSINOÉ.

D'une mère cruelle, oui, fils lâche et sans foi,
Porte à l'indigne hymen que ton cœur me préfère,
Ta main plongée enfin dans le sang de ta mère !
Pour moi, je n'en veux plus, et des pompes du deuil
Te laisse couronner vos feux et son cercueil.

SCÈNE X ET DERNIÈRE.

ALCMÉON, CALLIRHOÉ, TÉLÉNUS, SUITE D'ALCMÉON.

ALCMÉON.

Madame ! ah ! suis-je encor digne de vos alarmes ?
Oserez-vous me plaindre et me donner des larmes ?
Par quel long repentir et quels profonds regrets
Me faut-il expier le plus grand des forfaits !
Ah ! laissez-moi vous fuir !

CALLIRHOÉ.

Cédez-vous la victoire
Aux ennemis soigneux d'en recueillir la gloire ?
Et m'abandonnez-vous ?

TÉLÉNUS.

D'un prince malheureux
Dont le destin , Madame , a rejeté les vœux ,
Si je puis par mes soins remplacer la tendresse...

CALLIRHOÉ.

Je n'aurai pas recours à vous dans ma détresse.
Après tant de forfaits qui viennent m'assaillir ,
Combien n'avez-vous pas de honte à recueillir !
Vous savez quelle tache aussi vous déshonore ;
Par quel aveuglement l'oubliez-vous encore ?
Et fils de Polynice , à l'appui de quels droits ,
Au pur sang d'Alcméon donneriez-vous des lois ?
Allez , et que l'impure et honteuse naissance
N'ose des saints décrets braver l'obéissance !
           (A Alcméon.)
Prince , l'hymen enfin couronne vos efforts ,
Et s'offre à consoler vos vertueux remords.

FIN D'ALCMÉON.

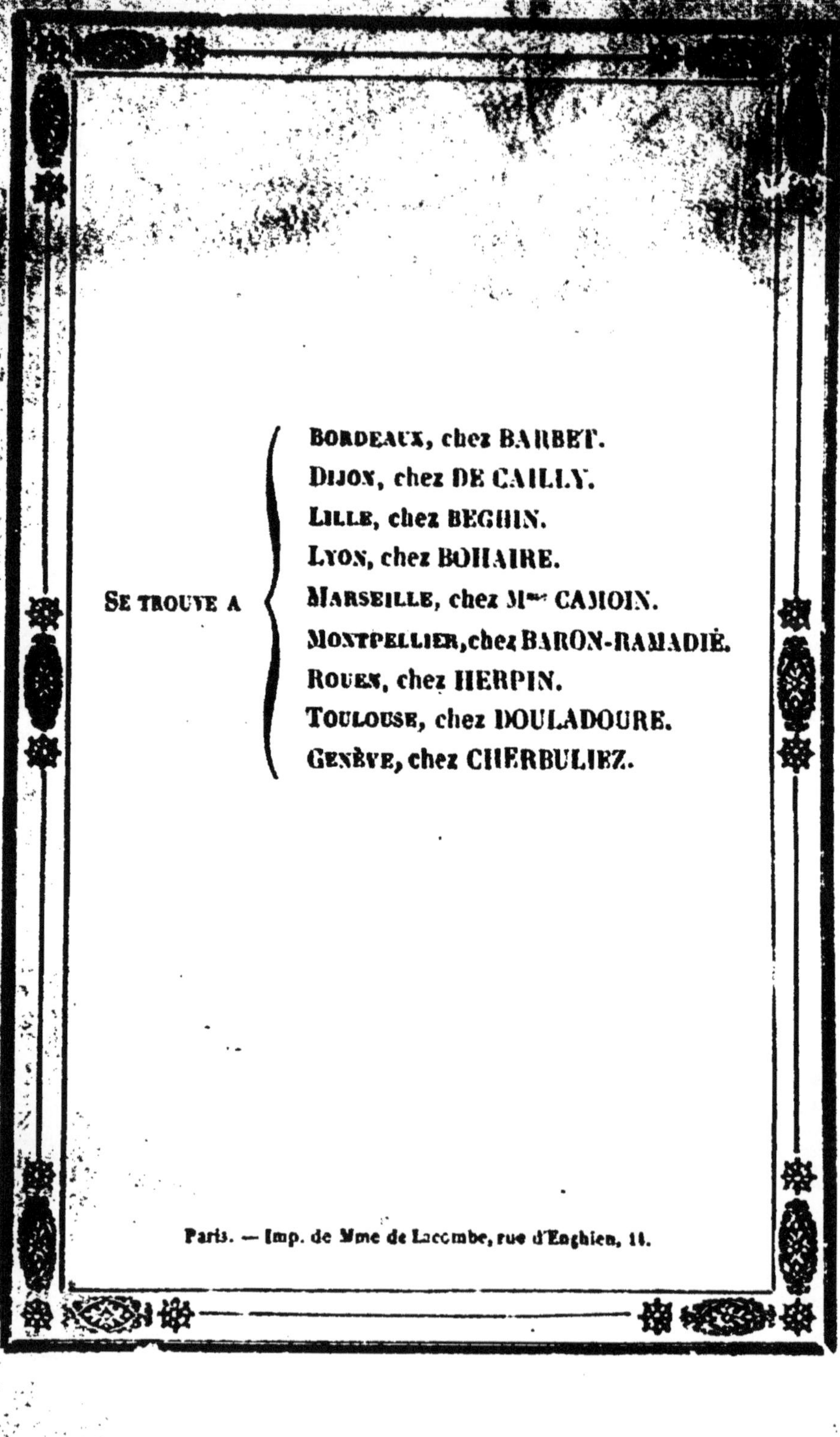

SE TROUVE A

- BORDEAUX, chez BARBET.
- DIJON, chez DE CAILLY.
- LILLE, chez BEGHIN.
- LYON, chez BOHAIRE.
- MARSEILLE, chez Mme CAMOIN.
- MONTPELLIER, chez BARON-RAMADIÉ.
- ROUEN, chez HERPIN.
- TOULOUSE, chez DOULADOURE.
- GENÈVE, chez CHERBULIEZ.

Paris. — Imp. de Mme de Lacombe, rue d'Enghien, 11.